Die Schaukel

Steven Noll

Die Schaukel

Impressum

Bibliografische Information der Deutschen Nationalbibliothek:
Die Deutsche Nationalbibliothek verzeichnet diese Publikation in der Deutschen Nationalbibliografie; detaillierte bibliografische Daten sind im Internet über
http://dnb.dnb.de abrufbar.

© 2022 Steven Noll

Herstellung und Verlag: BoD – Books on Demand, Norderstedt

ISBN: 978-3-7568-3212-5

Paketstatus: Abgeholt und auf dem Weg zu Ihnen. Diese E-Mail las Sören an diesem Samstagmittag nun zum vierten Mal und verfolgte akribisch den kleinen roten Punkt, der sich quälend langsam durch die Nachbarschaft schlängelte.

Er legte das Handy weg und versuchte, sich weiter auf das Fußballspiel im Fernsehen zu konzentrieren. Bochum vs. Hertha. Eine Persiflage auf jedes ernst zu nehmende Bundesligaspiel.

Seit er am Mittwoch die Bestellung getätigt hatte, aktualisierte er stündlich den Sendungsverlauf der kostbaren Fracht und wunderte sich über sich selbst. Was als Übersprungshandlung aus einer Auseinandersetzung mit einem Arbeitskollegen begann, hatte sich in der Folge zu einer fixen Idee gewandelt, die ihm einen perfekten Geburtstag bescheren sollte.

Während er dabei zusah, wie gleich zwei Spieler hintereinander einen falschen Einwurf machten, wanderten seine Gedanken noch mal zurück zum vergangenen Mittwoch und der „Unterhaltung" mit Andy, die alles ins Rollen brachte.

„Ich schwöre euch, die Frauen stehen drauf, wenn man ihnen beim Vögeln so richtig auf den Arsch haut. Ich hatte da neulich so eine Italienerin. Die ist gleich voll abgegangen."

Lautes Gelächter, Zustimmung, einige klatschten.

Was nach einem typischen „Oktoberfest-ich-hatte-schon-vier-Maß"-Vortrag spätpubertierender Junggesellenabschiedler klingt, kommt von Andreas ‚Andy' Regner, 45, frisch geschieden, und findet in der Kantine der Seidler AG statt.

Um 13:15 Uhr am Currywurst-Mittwoch, an dem in der Mittagspause mehr los ist als an einem Black Friday im Elektronikfachhandel.

Sören schüttelte den Kopf und schaute sich kurz um, ob nicht eine der vielen Kolleginnen diesen peinlichen Monolog mitbekommen hatte und ihn jetzt womöglich in Sippenhaft nahm – am Tisch der Perversen, an dem er unfreiwillig saß. Dabei blickte er Andy versehentlich direkt in die Augen.

„Na, Schmitti, überlegst du, wie du deiner Alten in der Missionarsstellung auf den Arsch hauen kannst? Mehr geht bei dir in der Kiste doch nicht ab."

Einfach ignorieren. Auf solche Spiele lässt du dich gar nicht erst ein.

Doch, statt die Lust zu verlieren, schien das Schweigen Andy weiter anzustacheln.

„Schatz, heute ist Donnerstag, da wollten wir doch immer Sex haben", sagte er mit einer hohen Stimme, mit der er offensichtlich Sörens Frau nachahmen wollte.

„Ach, mein Hase", diesmal tiefer, also in der Rolle von Sören, „ich muss doch morgen früh raus. Die Lehmann-Schadenregulierung. Weißt du doch.

Vielleicht, wenn wir schnell machen. Dann ein bisschen Petting, bisschen Missionar, und das nennt der Sösö dann Sexleben."

Andy schloss mit einem schmierigen Lachen und schaute sich triumphierend am Sechsertisch um. Alle lachten. Natürlich.

Was für ein aufgeblasener Fick-Heini. Der Prototyp einer Midlife-Crisis, mit einem Dieter Bohlen-artigen Modegeschmack und der entsprechenden unnatürlich ledernen Gesichtsfarbe. Laut, aufdringlich und immer an der Grenze zur sexuellen Belästigung. In 20 Jahren long-time in Thailand, an der Hand zwei junge Mädchen als billiger Abklatsch eines Hugh Hefner. Aber in diesem Moment nicht gänzlich auf dem Holzweg.

Wie von Andy behauptet, war Missionar seine Lieblingsstellung. Er liebte seine Frau und ihre Nähe beim Sex, und konnte nie etwas damit anfangen, sie unpersönlich „von hinten zu nehmen". Doch das würde er diesem Schmierlappen von Kollegen sicher nicht stecken. Also freestyle:

„Missionieren ist so was von 19. Jahrhundert", hörte er sich sagen und spann sich gleichzeitig eine lässige und cool wirkende Antwort zurecht. „Wir stehen eher so auf Sextoys. Du weißt schon."

Lässig verschränkte er die Arme hinter seinem Kopf und lehnte sich zurück. Das, so hatte er es im Bestseller „Menschen lesen" von Joe Navarro gelesen, zeugte von Selbstbewusstsein. Raum einnehmen. Sein Gegenüber einschüchtern. Doch, während seine Körpersprache – wie er hoffte – Dominanz ausstrahlte, schalt er sich innerlich.

Sextoys, was für eine dumme Idee! Was weißt du denn über Sextoys?! Genauso gut hättest du über Motorräder reden können – peinlich!

Bei Andy schien die Aussage jedoch das Interesse geweckt zu haben:

„Unser kleiner Sösö spielt also gerne mit Sachen? Womit denn so? Einem Umschnalldildo und dann schön Pegging-Vollgas?"

Pegging, was soll das denn schon wieder sein? Hatte er noch nie gehört. Doch Andys Gesichtsausdruck, ein kindisch-vorfreudiges „Papa-setzt-sich-gleich-auf-ein-Furzkissen"-Grinsen war Warnung genug, nicht auf dieses Thema einzugehen. Trotzdem hatte er keine Ahnung, was ein passendes Sextoy sein könnte.

Dildos? Nein, zu vulgär.

Vibrator? Doch eher was für Frauen.

Ein Analplug? Gott bewahre!

Dann Geistesblitz. Donnerstag, 23:15 Uhr, RTL2, die Reportage: Sexschaukel. Das ist es! Das hat Stil.

„Sexschaukel!" rief er so laut, dass er einige böse Blicke kassierte und nun gewiss bei allen als fester Bestandteil dieses Tisches galt. „Sexschaukel", wiederholte er leiser. „Wir benutzen eine Sexschaukel. Dauernd. Geht gar nicht mehr ohne. Hast du das schon mal gemacht, Andy? Mit deiner kleinen Italienerin?"

Schach und, dem langen Schweigen von Andy nach zu urteilen, wohl auch matt. Doch noch ein guter Tag, dachte er, pickte mit einer kleinen harten Pommes eine größere auf, versenkte die Kombination in Mayo und schob sie sich genüsslich in den Mund.

Die Kollegen Hauser, Bohrmeister, Peters und Ungül starrten derweil wie Collegeboys hoch zu ihrem heroisierten Quarterback, verwirrt, dass ihr sonst um keinen Spruch verlegener Rädelsführer nichts Schlagfertiges zu erwidern wusste.

„Pfffff", machte er, kratzte sich am Kopf und versuchte fieberhaft, einen coolen Spruch aus seinen Gehirnwindungen zu pressen.

Erbärmlich.

„Ich glaube dir kein Wort. Du bist doch dumm, wie 'n Sack Suppe und blöd genug, dich an deiner eigenen Krawatte zu erhängen, wenn sie dir deine Frau nicht jeden Morgen binden würde. Da kriegst du doch keine Schaukel an die Decke, geschweige denn, den Schwanz in deine Frau."

Vom Quarterback zu „Du bist doch voll selber blöd" in 30 Sekunden. Wie traurig. Auch seine Fans reagierten lediglich mit vereinzelten unaufrichtigen Lachern. Ein höfliches Publikum bei einem Open Mic, das dem Comedian auf der Bühne nicht komplett den Traum von einer Stand-up-Karriere ruinieren will.

„Wenn du meinst. Ich für meinen Teil muss jetzt arbeiten. Lehmann wartet", antwortete Sören trocken und stand auf.

Schnell, um nicht doch noch unter eines der Räder von Andys momentan angekratzten Monstertruck-Egos zu geraten, nahm er sein Tablett und wandte sich ab.

Wie erwartet, hatte Andy noch nicht aufgegeben:

„Dann zeig doch mal ein Bild, du Möchtegern-Casanova", rief er ihm hinterher „Behaupten kann das ja jeder."

Doch selbst das konnte Sören nicht mehr aus der Ruhe bringen.

„Jaja, zeige ich dir nächste Woche. Wenn du es nötig hast", antwortete er und verschwand Richtung Ausgang. Bereit, Andy als Trottel dastehen zu lassen und sich wirklich eine Sexschaukel in den Keller zu hängen. Schließlich hatte er damals in der Studenten-WG einen Boxsack an die Decke gedübelt. Kein Problem.

Z W E I

Fasziniert klickte sich Sören durch die Welt von Amorelie.de. Einer Welt, mit der er vorher nicht das Geringste zu tun hatte.

Alle pervers, alles Sexferkel, wie es die BILD formulieren würde. Nur darauf aus, sich im höchsten Maße der fleischlichen Lust hinzugeben, die offenbar nicht mal reichte, wenn man dabei Spielzeug brauchte. Diese Art von Leuten, die sich selbst „experimentierfreudig" nennen, „ein bisschen crazy" und „zum Pferdestehlen". Ein sehr besonderer Schlag Mensch war das. Gruselig.

Auch früher, als man Freundinnen zum 16. noch einen Dildo schenkte, überreichte er dem Geburtstagskind lieber ein gutes Buch – Literatur. Das war eher sein Ding.

Nicht Bukowski mit seiner Gossensprache, sondern eher was Feines wie Tolstoi.

Dennoch navigierte er immer interessierter durch den Online-Shop, den er gleich nach seiner Rückkehr an seinem Arbeitsplatz im Inkognito-Modus geöffnet hatte.

Vorbei am Lush 2.0, einem per Smartphone-App kontrollierbaren Vibrator, der sich sogar an den Rhythmus der Lieblingsmusik anpassen konnte.

Dem Cyan-Penisring, perfekt für Einsteiger. An Handschellen, Augenbinden und Peitschen für intensive Klapse und sich eng an die Figuren der Models schmiegende Retrolution-Corsage, die er sich perfekt an seiner Frau vorstellen konnte, sich rekelnd auf ihrem Ehebett.

Eigentlich schon recht geil.

Ein Räuspern der Kollegin gegenüber riss ihn aus seiner Fantasie und ließ ihn sich gleich schuldig fühlen.

Recherchiert in der Arbeitszeit Sextoys im Internet und stellt sich Schweinereien im Schlafzimmer vor. Ein richtiger Andy-Move.

Endlich fand er, was er suchte.

Die Liebesschaukel de luxe. „Bequeme Sitz- und Liegemöglichkeiten", „Extraweiche und breite Gurte" und eine „Ungeahnte Stellungsvielfalt".

Das klang doch vernünftig. Besonderes Bonbon – eine in der Bestellung enthaltene Broschüre mit Stellungsvorschlägen. Keine Gefahr also, vor der Schaukel zu stehen, wie bestellt und nicht abgeholt, und in den Seilen verheddernd auf die Nase zu fallen. Für 204 Euro kein Schnapper, aber man will sich bei einem solchen Abenteuer ja nicht lumpen lassen. Blaue Flecken und eingeschnürte Gliedmaßen aufgrund billiger Materialien aus zwielichtigen Näh- und Produktionsstuben? Nicht mit ihm!

Wer billig kauft, kauft zweimal, war seine Devise. Das wird als Geburtstagsgeschenk an sich selbst verbucht – am Sonntag wird er 34 –, und fertig. Im letzten Jahr hatte er sich zu seinem Ehrentag ein Fahrrad gegönnt, ein schönes Tourenrad, mit dem er bei Wind und Wetter zur Arbeit radelte. Sein persönliches Fitnessprogramm.

Zielsicher steuerte er durch den intuitiv bedienbaren Bestellverlauf. Name, Adresse, Postleitzahl und als Sonderwunsch „Bitte Absender Baumarkt", da würde seine Frau bestimmt nicht nachfragen – und klickte auf „Bestellvorgang kostenpflichtig abschließen".

Läuft.

Zufrieden lehnte er sich zurück und grinste. Schon lange war er nicht mehr so aufgeregt, wenn es um das Thema Sex ging. Doch die Aussicht auf die Schaukel als neues Feuer in seinem Liebesleben bescherte ihm eine Art Lampenfieber. Mittlerweile ging es nicht mehr nur darum, Andy etwas zu beweisen, sondern darum, neuen Pep ins Schlafzimmer zu bringen.

D R E I

Darauf wartete er an diesem Samstagnachmittag also. Die Sexschaukel de luxe von Amorelie.de, mit der er sich in den vergangenen Tagen intensiv beschäftigt hatte. In zahlreichen YouTube-Tutorials hatte er sich von abgeklärten Sexprofis in blumigen und grafik-lastigen Videos die verschiedensten Einsatzmöglichkeiten und Vorteile der Schaukel erklären lassen.

„Lange Liebesspiele ohne Genickstarre oder Muskelkater" wird da versprochen, und die 100 Kilogramm Traglast wird eindrucksvoll durch die Moderatoren dargestellt, die an der Schaukel baumelnd auf und ab hüpften.

Schlaufen, Federn, Dübel, Haken, Leopardenmuster. Es gab nichts, was nicht zum Themenpool seiner Recherche gehörte.

Inklusive der aktiven Anwendung auf entsprechenden Pornoseiten. Da jedoch vor allem die weiblichen Erotikdarstellerinnen durch die Bank weg Spagat können und ihre meist hünenhaften, durchtätowierten Leinwandpartner ihre Gespielinnen ohne geringste Anstrengung von A nach B trugen, war diese Recherche wohl eher fern der Realität in deutschen Durchschnittsschlafzimmern.

Dann doch lieber die YouTube-Infos.

Ein Blick aufs Handy verriet ihm: früheste Lieferung in dreißig Minuten. Also noch genug Zeit, um in der Halbzeit unter die Dusche zu hüpfen und das Paket vor seiner Frau oder seinen zwei Kindern in Empfang zu nehmen.

Doch kaum hatte sich Sören das langsam von Geheimratsecken zurückgedrängte Haupthaar mit einem viel gelobten Koffeinshampoo eingeschäumt, klingelte es an der Tür.

Fuck! Murphy's Law in Form eines Paketboten, der es fertiggebracht hatte, 30 Minuten in zwölf zu absolvieren. So viel zum Paket-Tracking, so viel zur Digitalisierung.

Schnell wusch er sich mit viel zu heißem Wasser die zähflüssige Masse aus den Haaren und stieg dabei schon halb aus der Duschtasse.

Zu langsam.

Er hörte noch, wie seine Frau den gelb-roten Zufrüh-Kommer verabschiedete und die Tür ins Schloss fallen ließ. Nun galt es darauf zu hoffen, dass Amorelie.de seinem Sonderwunsch nachgegangen war und als Absender einen Baumarkt gewählt hatte. In der Bestellbestätigung war dies mit keiner Silbe erwähnt worden.

Nicht mal ansatzweise abgetrocknet und mit dem erstbesten Handtuch, was er greifen konnte – dem kleinen für Gäste – um die Hüfte stand er im Flur und wusste nicht so recht, was er tun sollte.

Auch seine Frau schien überrascht, dass er wie Usain Bolt in seinen besten Zeiten aus dem Badezimmer geprescht kam. „Was ist denn mit dir los?", fragte sie skeptisch. „Du wusstest doch, dass ich zu Hause bin und an die Tür gehe. Da hättest du doch weiter duschen können."

„Natürlich", antwortete er, „ich dachte nur, damit du nicht aufhören musst mit dem, was du tust. Weil das vielleicht spannend war. Ich … ich wollte dir nur einen Gefallen tun. Weil, so bin ich doch.""

Wow! Eine Zeile aus dem Drehbuch einer Seifenoper, vorgetragen von einem Volltrottel mit Schlaganfall.

Während er seine peinliche Begründung für den Ausbruch herabstotterte, probierte er, einen Blick auf den Absender des Pakets zu werfen.

Wie nicht anders zu erwarten, bemerkte Lisa diesen unbeholfenen Versuch und schaute ihrerseits drauf: „Was hast du denn bei einem Baumarkt bestellt?"

Gott sei Dank! Anders als das Tracking des vorschnellen Paketboten hat wenigstens das funktioniert. Top Service! Gerne wieder.

Er lächelte erleichtert.

„Verrätst du es mir oder muss ich das Paket erst aufmachen?", fragte sie und verschwand in der Küche, um eine Schere zu holen.

Tja, was ist denn in dem Paket? Er hatte keine Ahnung, was er in einem Baumarkt bestellt haben sollte. Im Nachhinein eine ziemlich dumme Idee, hatte er doch noch nie in seinem Leben etwas bei einem Baumarkt bestellt.

Er folgte seiner Frau und hinterließ nasse Fußspuren auf dem dunklen Parkett.

„Das ...", fing er an und ließ seinen Verstand gleichzeitig auf Hochtouren laufen, um sich eine plausible Geschichte zurecht zu spinnen, „... ist ein Winkelschleifer."

Ein Winkelschleifer, Sören? Nicht dein Ernst!

„Ein Winkelschleifer?", wiederholte Lisa seine Gedanken und stellte das Paket auf den Küchentisch, die Schere noch immer in der Hand.

„Was willst du denn mit einem Winkelschleifer? Du hast in deinem Leben noch nie einen Winkelschleifer benutzt. Du wechselst doch noch nicht mal eine Glühbirne."

„Das ist so nicht ganz richtig", unterbrach er sie. „Mit 17 habe ich mal die Treppe bei meinen Eltern abgeschliffen."

Nicht ansatzweise zufrieden mit der Antwort, stand seine Frau nur da und blickte ihm mit einer hochgezogenen Braue in die Augen.

Uiuiui! Das war nicht sehr gut durchdacht mit dem Baumarkt. Lisa hatte recht, er war handwerklich so begabt wie ein Kleinkind ohne Daumen und hatte noch nie großes Interesse am Hämmern, Schrauben, Bohren oder Dübeln gehabt. Er war durch und durch Schreibtischmensch und hatte beim Zusammenbauen des Ikeaschranks Songesang Blasen an den Händen bekommen. Vom Akkuschrauber. Also die alte Leier, wenn man mit seinem Latein am Ende ist.

„Ja, es ist halt eine Überraschung. Da musst du doch jetzt nicht so einen Druck machen und durch diese penetrante Nachfragerei eine unschöne Atmosphäre schaffen. Ich schleife jetzt halt Winkel im Keller. Das ist mein Ding, und wenn ich fertig bin mit meinem Projekt und deiner Überraschung, dann zeige ich dir es."

Um sich eine weitere Diskussion nach seinem für die Situation unangemessen scharfen Monolog zu ersparen, schnappte er sich das Paket, ging noch immer – nur mit dem Handtuch bekleidet – in Richtung

Keller und ließ seine Frau in der Küche stehen. Das kostet mindestens ein Abendessen, aber wenn das Ding erst mal hängt, dann wird der Streit schnell vergessen sein.

VIER

Wie vermutet, folgte ihm Lisa nicht in den Keller, um eine Eskalation des Streits zu vermeiden.

Sie war eher der Typ „Passivaggressiv" und würde ihn wahrscheinlich den restlichen Tag über ignorieren, beim Abendessen nur drei Teller auf den Tisch stellen und Fragen mit „Keine Ahnung", „Ist mir egal" oder „Frag halt jemand anderen" beantworten.

So erwachsen sie sich sonst verhielt, bei Streitigkeiten mutierte sie zu einem schmollenden Teenager, der zuvor in einem bauchfreien Top und mit den Worten „So nuttig gehst du mir nicht aus dem Haus" aufs Zimmer geschickt wurde. Bereit, mit sämtlichen Türen zu knallen und diese verdammten Erzeuger mit den poppig-alternativ-Indie-Rock-ätherischen-Deep-Songs von Billie Eilish zu traktieren.

„Don't say thank you or please. I do what I want when I'm wanting to. My soul, so cynical."

Seitdem Lisa beschlossen hatte, jeden Morgen zum Frühstück ihren „Daily Drive" auf Spotify zu spielen, war er ein Meister im Zitieren von Songtexten gängiger Mainstream-Musiktitel.

Auch deshalb, weil der Daily Drive – statt jeden Tag einen neuen Mix abzuspielen – neben den aktuellen Nachrichten immer dieselben Songs spielte.

Sogar in derselben Reihenfolge und, wenn man Pech hatte, mit Hörbuchkapiteln zwischendurch. Doch seiner Frau waren die Nachrichten Abwechslung genug. Da muss man nicht auch noch vom Algorithmus bestimmte neue Songs hören.

Aktuell spielten ihm die Marotten seiner Frau jedoch in die Karten. Wenn sie oben schmollte, hatte er genug Zeit, die Schaukel an die Decke zu bringen. Kann ja nicht so schwer sein und schließlich hatte er damals in seiner WG auch den Boxsack aufgehängt.

„Kennste einen, kennste alle" war ein Spruch von ihm, der sich sicher auch aufs Handwerk anwenden ließ. Schraube ist Schraube, Dübel ist Dübel und Feder ist Feder.

Generell war das Handwerk ein Beruf, in dem man als Einsteiger in kurzer Zeit Erfolge feiern konnte. Learning by Doing. Anpacker-Mentalität – und wenn man nicht weiterweiß, dann hilft ein YouTube-Tutorial. Mangelndes Talent in der Vergangenheit sollte da kein Stolperstein sein.

Denn im Grunde genommen konnte man gar nicht sagen, dass er über zwei linke Hände verfügt. Er hatte das mit dem Handwerken oder Heimwerken – wo war da eigentlich der Unterschied? – niemals so richtig probiert.

Zu faul, zu abgelenkt, zu lustlos.

Sollen es doch die machen, die es können, oder der Meinung sind, das zu tun. Die „Tippgeber" und „Freizeitvollprofis" waren dabei seine liebste Projektbegleitung.

So wie der gemeine Bürger gerne mal zum Bundestrainer oder Virologen wird, reichte eine kurze Erwähnung aus, dass man seine Decke streichen wolle, und es hagelte Tipps.

Farbwahl, Borstenhärte, „Mein Cousin hat neulich", „Also, bei uns haben wir" und so weiter, und so fort.

„Haben wir früher anders gemacht" war sein Lieblingsspruch, der vorzugsweise von der älteren Generation verwendet wurde. Aber dass Günther mal eben darüber nachdenkt, dass er schon lange den Löffel abgegeben hätte, würde man „wie früher" zur Ader lassen, anstatt eine neue Herzklappe zu basteln, daran wird nicht gedacht.

Beinahe noch schlimmer: richtige Profis.

Beispiel: Schwiegervater. Baut neben der Arbeit ein Haus und packt alles an, was Handwerk verlangt. Und dann steht man da wie ein Apostel neben Jesus, der mal locker einen Blinden heilt, während du das Wasser holen darfst, das er in Wein verwandelt. Wobei Wasser holen deutlich leichter war als eine Siebener Crimpzange zu erkennen. Sehr unangenehm.

Die Schaukel war sein eigenes kleines Projekt. Nur er, die Bohrmaschine seiner Frau, der Akkuschrauber seiner Frau und die Schrauben seiner Frau. Die Dübel hatte er vor drei Monaten in einem Anflug von Aktionismus im Baumarkt gekauft. Gemeinsam mit seinem Jüngsten wollte er ein Vogelhaus bauen, was zwar zusammengezimmert wurde, jedoch eher an eine Miniaturausgabe eines Bretterverschlags aus den südamerikanischen Favelas erinnerte. Die Vögel schienen sich jedoch nicht darum zu scheren. If it looks stupid, but it works, it ain't stupid.

Fein säuberlich legte er das Werkzeug auf die Arbeitsplatte und öffnete den Karton. Geruch nach neuwertigem Leder, dazu glitzernde Stahlketten und die Stellungsvorschläge obenauf. Sex in Reinform.

Aufgeregt packte er den Inhalt aus und sortierte ihn neben das Werkzeug.

Gurte, Kordeln, Ringe, Seile, Federn. Irgendwo in der Stadt war garantiert ein Bergsteiger unterwegs, der auf diese Lieferung wartete und stattdessen seine Schaukel auspackte.

Am Boden des Kartons fand er schließlich, was er suchte – die Gebrauchsanweisung.

Eigentlich auch ein ganz spezieller Schlag Menschen, die Leser von Gebrauchsanleitungen. Die Art, die Fahrradhelme in geschlossenen Räumen trug, Tschüssikowski oder Wirsing sagten oder

Feuerwerkskörper hinlegten und „sich rasch entfernten". Saschas, Heikos oder Ulis, die im Bus nie den Uncoolen fanden, da die Scheiben nicht verspiegelt waren. Aber, wenn man eine Sexschaukel in seinen Keller hängt, kann man mal eine Ausnahme machen.

„Montieren Sie den Aufhängepunkt in der Deckenkonstruktion und befestigen Sie anschließend den mitgelieferten Karabinerhaken an dem Konstrukt".

Aufhängepunkt. Alles klar, kein Problem.

Prüfend ließ er den Blick über die ausgepackten Teile schweifen. Von links nach rechts, von rechts nach links. Kein Aufhängepunkt, kein Haken, keine Öse, kein Nix. Weder auf der Werkbank, noch im Karton. Was für ein Haufen Amateure.

Schön auf die Sonderwünsche eingehen, aber am wichtigsten Teil scheitern. Preise wie bei Pamono, aber liefern wie Ikea.

Wenn er so arbeiten würde wie diese Hallodris, stünde irgendwann ein altes Pärchen mit abgefackeltem Haus vor ihm und er würde sagen:

„Ja, upsi. Nee, also Feuer hatte ich vergessen mit aufzunehmen. Tja, ich bin halt auch nur ein Mensch. Schönes Leben noch in Ihrer Ruine."

Sauer knallte er die Gebrauchsanweisung auf den Tisch, wobei die Seite mit dem Lieferumfang aufschlug. DECKENHAKEN NICHT IM LIEFERUMFANG ENTHALTEN wurde ihm dort in Versalien entgegengeschrien, vorwurfsvoll und mit einem hämischen Unterton.

Fuck!

Ausgerechnet er, der im Arbeitsleben jeden Vertrag dreimal durchlas und regelmäßig tadelnd die Kollegen an den Wert der Gewissenhaftigkeit erinnerte, war zu blöd, den Lieferumfang zu checken.

Zu aufgeregt war er gewesen. Zu neugierig und wild darauf, mit seiner Frau in neue Sphären vorzuschaukeln.

Allen Tatendrang verlierend ließ er sich auf einen Schreibtischstuhl fallen und nahm sich ein Bier aus dem Kasten, der seinen Stammplatz unter der Arbeitsplatte hatte. Macht man ja so beim Heimwerken. Erst mal ein Bierchen trinken und dann planen, wie es weitergeht.

Nach vier Minuten gescheitert. Ähnlich erfolglos war er zuletzt vor 15 Jahren bei seinem ersten und letzten Boxkampf. Nach dem typischen Abklatschen vor dem Kampf hatte er nur einmal geblinzelt, und zack, hatte ihn die Schwerkraft übermannt.

Auch so eine aktionistische Idee, das Boxen. Bei seinem ersten Sparring konnte er nicht einen Schlag landen, sondern wurde so richtig schön verdroschen. Dennoch hatte er fleißig zu Hause trainiert und … Das war es. Der Boxsack. Beim Boxsack war eine Deckenhalterung dabei. Schnell stand er auf, ging in den Teil des Kellers, in dem er all sein altes Zeug, das nicht in Lisas Vorstellung einer geschmackvollen Einrichtung gepasst hatte, aufbewahrte, und fand den Haken.

Handwerker-Sören war zurück im Geschäft!

Auf Zehenspitzen hielt er die Universalplatte an die Decke und ritzte eher, als das er zeichnete, mit einem Kugelschreiber die entsprechenden Punkte in die Tapete, in die er gleich den Bohrer versenken würde.

Bohren ist auch so eine völlig überschätzte Tätigkeit, vor der die meisten Menschen einen Heidenrespekt hatten. Gerade diejenigen, die dann mit einem 1,8 Tonnen schweren Fahrzeug mit 250 km/h über die Autobahn kachelten. Aber eine Bohrmaschine benutzen war dann doch zu gefährlich. Seine Meinung dazu: ansetzen, losbohren, fertig.

Gesagt, getan, ließ Sören nun fleißig Staub auf den Boden rieseln und bohrte mit einigem Ruckeln und Drücken vier seiner Meinung nach gleichmäßige Löcher in die Decke. Plastikdübel rein, Schrauben mit dem Akkuschrauber hinterher – und dafür feiern sich dann andere Leute als Profihandwerker. Ein Kinderspiel.

Prüfend ruckelte er an der Konstruktion, nickte zufrieden und studierte die Gebrauchsanweisung, unter deren leicht verständlicher Anleitung er aus den einzelnen Schlaufen, Ringen und Gurten die Schaukel spinnte. Ab an die Feder, die ihrerseits an seiner Deckenkonstruktion angebracht war. Fertig.

Er trat ein paar Schritte zurück und betrachtete sein Werk.

Ein ledernes Geflecht, gepaart mit Eisenringen und baumwollenen Tragegurten. Von ihm dafür konstruiert, den Defibrillator seines Sexlebens zu spielen und Andy zu zeigen, was er für ein Ficker war.

Fürs Erste hängte er aber den Boxsack auf und verstaute die Schaukel im Schrank. Geburtstag gefeiert wird erst morgen.

FÜNF

„Happy Birthday to you, Happy Birthday to you, Happy Birthday lieber Sören, Happy Birthday to you."

Applaus, strahlende Gesichter, Geschenke, Partyhüte und eine Torte mit 34 Kerzen.

Wie er diesen Zirkus hasste.

Am meisten den unangenehmen Moment, wenn Freunde und Verwandte für einen singen und wer weiß was für eine Reaktion erwarten.

Freudentränen? Ein jede Misswahl-Kandidatin überstrahlendes Lächeln? Applaus und einen Plattenvertrag bei Universal?

Er wusste es nicht.

Keiner wusste es, und so entschied er sich wie immer dafür, peinlich berührt im Takt mit dem Kopf zu wackeln. 30 furchtbare Sekunden, die gesanglich 4-mal ein Nein und kein Umdrehen bei der Blind Audition verdienten. Seit Corona hatte das Lied zusätzlich an Strahlkraft verloren.

Aber naja, so waren Geburtstage halt. Einmal im Jahr waren alle freundlich und sprachen einem ihre

Glückwünsche für eine Sache aus, an der man nicht ansatzweise Anteil hatte.

Vielleicht waren Geburtstage auch eher eine Anerkennung dafür, dass man noch immer am Leben war. Ein Brauch von vor 300 Jahren, als es noch eine Kunst war, so alt zu werden und nicht vorher an Zahnschmerzen, der Pest oder einem Hinweis aus der Nachbarschaft über magische Machenschaften an den Folgen der Spanischen Inquisition zu krepieren.

Ja, die hatten Applaus verdient.

Aber es war Jammern auf hohem Niveau. An sich ist es eine schöne Sache, wenn Freunde und Verwandte an einen denken und dafür dann zumindest im heutigen Falle mit Kaffee und Kuchen belohnt werden. Umsonst ist nur der Tod.

„Vielen Dank", sagte Sören in die Runde, hob seine Kaffeetasse, mit der anzustoßen sich so falsch anfühlte wie Chili sin Carne, und schaute allen feierlich (wie er hoffte) in die Augen.

Lisa, den beiden Kindern, den Schwieger- und dann seinen Eltern, seinem Schwager Patrick sowie Michi und Thomas, zwei Freunden von ihm, die unangekündigt vor der Tür standen.

„Und jetzt die Geschenke", rief sein Jüngster, „und meins zuerst!"

Freudig hielt ihm Felix das offensichtlich selbst ein-
gepackte, da vor Tesafilm nur so strotzende, Geschenk hin, in freudiger Erwartung auf über-
schwängliche Dankbarkeit für etwas, das Sören sicher nicht gebrauchen konnte (denn, wer braucht
schon etwas Selbstgebasteltes von einem Sechsjähri-
gen?), aber bei dem er dennoch so tun würde, als
wäre es der Heilige Gral mit den Koordinaten des
Bernsteinzimmers darin. „Das ist von uns beiden!",
rief Tim noch hinterher.

Definitiv eine Lüge, aber als 13-Jähriger schien man
kein Interesse daran zu haben, sich für seinen Vater
unnötig Stress zu machen.

Eine Beschwerde über sein Verhalten quittierte er
seit Neuestem mit „Ihr habt mich halt so erzogen".

Auch jetzt machte Sören eine schlechte Figur als mo-
ralisches Vorbild und überschüttete seinen Kleinsten
mit Lügen in Form von Komplimenten für die selbst
getöpferte, aber augenscheinlich undichte Tasse.

„Sieht super aus!"

„Ich werde nur noch daraus trinken!"

„Hast du toll gemacht!"

Das handwerkliche Geschick hatte er definitiv von
ihm geerbt.

Obwohl …

Kurz wanderten seine Gedanken hin zur Schaukel, in die er am heutigen Abend, wenn die Gäste weg und die Kinder im Bett waren, seine Frau hängen würde.

Guter Vorbereiter, der er war, hatte er die im Paket der Liebesschaukel de luxe enthaltenen Stellungsvorschläge durchgearbeitet und war jetzt immerhin theoretisch ein Künstler in den Seilen.

Schaukelsex war offensichtlich so leicht wie Handwerken. „Der schwebende Klassiker", „Schmetterling", „Der Bodenschwinger". Alles studiert. Alles kein Problem. Generell schien die Schaukel dahingehend konzipiert zu sein, das Liebesspiel so entspannt wie möglich zu machen, was ihm durchaus in die Karten spielte.

Wie oft hatten sich Lisa und er an komplizierten Stellungen probiert, die nach kurzer Zeit am Kraftaufwand scheiterten. Nur noch darauf bedacht, das Gleichgewicht zu halten und nicht wie ein nasser Sack zusammenzuklappen, war das Liebesspiel an sich kein Genuss mehr.

Mit der Liebesschaukel kein Problem.

„Hallo Sören", unterbrach Lisas Stimme seine Fantasien, „bist du noch bei uns?"

„Ja klar, sorry."

Er wischte die Gedanken an den Abend beiseite und widmete sich wieder den Gaben seiner Gäste.

Von seinen Eltern bekam er einen neuen Tennisschläger, von den Schwiegereltern Tennisschuhe, von Michi ein Tennisdress und von Thomas neue Bälle.

Was muss das für eine großartige Konversation gewesen sein in der „Sörens Geschenke-Gang"-Geburtstags-WhatsApp-Gruppe.

Seine engagierte Mutter, alle mit Emojis bombardierend. Sein Vater, eigentlich Schreibmuffel, aber mit jeder Menge Videos bewaffnet, hatte sicherlich mehr als ein „lustiges" Geburtstagsvideo in die Gruppe gestellt. Lisas Eltern, kopfschüttelnd, ob der Handyvideos seines Vaters, über den Bildschirm gebeugt und im Keller stehend, in den sie zum Lachen gehen, während sie reserviert mit Ja und Nein antworteten. Und seine beiden Freunde, von dem der eine Satzzeichen als Rudeltiere verwendet und der andere nur in GIFs antwortet.

Fluch und Segen, diese Art der Kommunikation.

Und was dabei keinem aufgefallen ist, war die Tatsache, dass er schon seit vier Jahren kein Tennis mehr spielte.

„Jetzt hast du keine Ausrede mehr, du fauler Hund", sagte Michi und klopfte ihm auf die Schulter. „Sören hat sich nämlich seit Ewigkeiten nicht mehr auf dem Platz blicken lassen."

Dass es weniger an der Ausrüstung lag als daran, dass er mittlerweile nicht mehr den geringsten Drang verspürte, Tennis zu spielen, ja nicht einmal mehr Tennis zu schauen, verschwieg er.

„Cool, dann werde ich auf jeden Fall mal wieder auf dem Platz vorbeischauen. Für dich reicht es doch locker noch", scherzte er. „Vielen Dank an alle!"

„Mein Geschenk fehlt noch", sagte sein Schwager und hielt ihm ein rechteckiges Paket, offensichtlich ein Buch, hin und grinste.

Klar. Patrick brauchte wieder einen Extraauftritt. Patrick der Erhabene, Großgrundbesitzer im „Ich-weiß-es-besser"-Land und sympathisch wie geflockte Milch am Montagmorgen. Freunde kann man sich aussuchen, Familie nicht, und Patrick war einer dieser Kandidaten, für die man die Adoption erfunden hatte.

Selbstverliebt wie der große Bruder von Narziss, angeberisch wie Donald Trump und mit einer Gönnerhaftigkeit, die er vor allem Sören gegenüber gerne heraushängen ließ. Zum einen, weil sie bei derselben Versicherung arbeiteten – Patrick in einer leitenden Position, Sören nicht. Und zum anderen, weil seiner Meinung nach er der Grund war, warum Sören und Lisa ein Paar geworden sind.

„Wer hat sie dir denn vorgestellt?"

„Wenn ich dich nicht eingeladen hätte, säßen wir nicht hier!", „Hätte ich damals gewusst, dass du meine kleine Schwester flachlegen willst, dann hätte ich dich rausgeschmissen!", startete die alte Leier, sobald er mit genügend Bier aufgetankt hatte.

Und wie ich nachher deine Schwester flachlegen werde, dachte Sören und grinste, während er das Geschenk öffnete.

„Altersvorsorge für Dummies", Taschenbuchausgabe, 16,99 Euro. Nicht mal die Mühe gemacht, den Preis abzukleben.

„Da du die Abteilung wechseln willst, helfe ich dir mal auf die Sprünge. Das kannst du bestimmt gebrauchen", lachte er und freute sich über seinen gelungenen Scherz. Er und Andy könnten sicher die besten Freunde werden.

„Ja, cool, vielen Dank. Das wird mir sicher weiterhelfen", log er.

Als Türstopper im Badezimmer. Wenn überhaupt, dachte Sören und schaute seiner Frau hilfesuchend in die Augen. Diese zuckte leicht mit den Schultern und ihr Blick sagte: „Du weißt doch, wie er ist, Sören. Einfach ignorieren."

„Möchte jemand noch ein Stück Kuchen?", durchbrach sie die aufkommende Stille nach dem Knallergag und fragte seine Mutter nach dem Rezept.

Das würde noch ein sehr langer Geburtstag werden. Aber der Höhepunkt ohne die Mischpoke würde ja noch kommen.

SECHS

Mit einem leisen Plop zog Sören den Korken aus der Flasche Louis Jadot Meursault und schenkte den trockenen, üppig voluminösen Weißwein aus Burgund – als den ihn das Etikett auszeichnete – in zwei Gläser.

„Üppig und voluminös also", las er die Beschreibung laut vor, nahm probehalber einen Schluck, spülte damit, gurgelte und schluckte ihn herunter.

Joa, war ein Weißwein. Ein trockener, soweit würde er zustimmen, aber was den Rest betraf, hätte da auch dünn und labbrig auf dem Etikett stehen können. Anders als Lisa hatte er nie einen Sinn für die Besonderheiten eines guten Weins gehabt. Sie sprach über den Luftton, das Bukett oder die Dosage und beschrieb den Geschmack als harmonisch, grasig, flach, feurig und adstringierend. Er unterschied zwischen „schmeckt" und „muss ich mit Sprite oder mit Cola mischen", falls es ein Rotwein war.

Dennoch versuchte ihn seine Frau regelmäßig für ihr Hobby zu begeistern und so war der gute Louis hier Teil ihres Geschenks an ihn gewesen – die Flasche und ein Wochenende ohne Kinder in einem Weinanbaugebiet am Mittelrhein.

Als würde er Lisa zu ihrem Geburtstag einen Trip zu einem Auswärtsspiel im Sonderzug oder eine Playstation schenken. Ein „Das will ich haben, aber es ist zu teuer für zwischendurch, deshalb schenke ich es jemandem zum Geburtstag"-Geschenk.

„Damit wir mal wieder etwas gemeinsam machen", hatte sie ihm beim Überreichen des Präsentes gesagt. „Ich wette, es wird dir gefallen."

Eine Wette, die sie wie immer gewinnen würde, da er sich wie bei jedem Geschenk von ihr begeistert zeigen und das gemeinsame Wochenende mit den Worten „Das war wirklich schön. Danke Lisa." beenden würde.

Mit der gleichen Ehrlichkeit, mit der er die Tasse seines Sohnes gelobt und interessiert durch das Buch von Patrick geblättert hatte, nachdem dieser ihn penetrant dazu aufforderte, mal was vorzulesen.

Dieses Buch ist einfach verständlich (ohne Fachchinesisch) und bietet Ihnen eine klare und schnell umsetzbare Schritt-für-Schritt-Anleitung. Mit viel Humor, rotem Faden und den besten Praxistipps …

„Siehste, mit den Tipps, die da drinstehen, wirst du bestimmt versetzt. Gern geschehen."

Die Grundsteinlegung für Patricks positiven Einfluss auf Sörens beruflichen Erfolg war damit abgeschlossen und eine stetige Erinnerung daran würde die Folge sein.

„Hier ruht Sören Schmidt, dessen Bedeutung für die Menschheit einzig den starken Schultern seines Schwagers zuzuschreiben ist, auf denen er durchs Leben getragen wurde." Würde gewiss auf seinem Grabstein stehen. Natürlich völlig zu Recht.

Mit einem großzügigen Schluck Wein spülte er die Gedanken an seinen Schwager und den bisherigen Teil seines Geburtstages herunter und horchte, ob Lisa mit dem Zubettbringen der Kinder fertig war. Der stetige Wechsel zwischen den Titelmelodien von TKKG und Benjamin Blümchen, die mal lauter und mal leiser aus der Toniebox schepperten, ließ ihn darauf schließen, dass der Kampf mit Felix noch in vollem Gange war. Perfekt.

Schnell ging Sören hinunter in den Keller, um alles für das große Finale seines Geburtstags vorzubereiten.

Das Geschenk, über das er sich am meisten freuen würde. Dafür fuhr er die komplette Klischeenummer aus 120 Jahren Hollywood auf. Kerzen, Rosen, Kuschelrock und den edlen Tropfen von Lisa, den er jetzt auf ein Meer aus Eiswürfeln bettete.

Es hätte ihn kaum gewundert, wenn Hugh Grant die Treppe herunterspaziert käme, um ihn darüber zu unterrichten, dass er ab jetzt übernehmen würde.

Die Sexschaukel, die Sörens als Letztes am sauber reingedübelten Haken befestigte, gab dem Raum jedoch wieder einen Teil Männlichkeit zurück. Ohne die Rosen und die Musik hätte das Ganze sogar etwas von einem sexy Kellergewölbe, in dem schmutzige Fantasien zum tanzenden Flackern unzähliger Kerzen Wirklichkeit werden. 50 Shades of Swing.

Zufrieden mit dem romantisch verruchten Set der Lust, ging Sören wieder nach oben ins Wohnzimmer, stellte die beiden gefüllten Weingläser auf den Reisekoffer, der ihnen als Couchtisch diente – und bei dem er vergebens versucht hatte, Lisa davon zu überzeugen, dass, wenn man als Koffer geboren wurde, man nicht als Tisch sterben sollte, gerade, wenn man voller Kerben und Dellen war, was den Nutzer des Tisches beim Hinstellen eines Glases regelmäßig das Geschick eines Stackers abverlangte, er jedoch auf taube Ohren gestoßen war und letzten Endes klein beigegeben hatte –, schaltete ein virtuelles Kaminfeuer an, um eine gemütliche Atmosphäre zu schaffen, und machte es sich bequem.

In dem Moment, als er sich dazu entschlossen hatte, für seine körperliche Präsenz noch ein paar Liegestütze zu machen, kam Lisa ins Wohnzimmer. Sichtlich erschöpft vom abendlichen Kampf mit dem Jüngsten und der ausufernden Unterhaltung mit seiner Mutter über Kuchenrezepte, bei der als seine Frau sagte, dass man Crumble problemlos auch

ohne Butter machen kann, fast die Stimmung ge-
kippt wäre, aber mit einem Lächeln auf den Lippen.

SIEBEN

Wortlos hielt er ihr das Weinglas hin, das sie dankend annahm, während sie sich neben ihm auf dem Sofa niederließ.

„Auf dich mein Schatz", sagte sie, schaute ihm tief in die Augen und ließen die Gläser klingen.

Das war ihr immer wichtig. Beim Anstoßen in die Augen schauen, nicht über Kreuz die Hände schütteln, in geschlossenen Räumen die Mütze abnehmen und Scherben bringen Glück, wohingegen ein zerbrochener Spiegel sieben Jahre Pech bringt.

Der Diskussion, wie viele Gläser einen Spiegel wieder ausgleichen, ob es auf die Größe ankommt, auf die Stückzahl oder die Menge der Scherben, war sie immer gekonnt ausgewichen. Und auch seine überraschende Frage kurz nach ihrem Orgasmus, ob der Sex schlechter war, weil er ihr beim letzten Anstoßen mit Absicht nicht in die Augen gesehen hatte, quittierte sie damals mit einem „Statt für schlechten Sex hast du dich jetzt für gar keinen mehr entschieden".

Im Aberglaubenland sind Argumente so was wie Verschwörungstheorien in der Realität. Aber gut, eine sinnlose Auseinandersetzung steht heute sicher nicht auf dem Programm.

„Prost", antwortete er, nahm einen Schluck und küsste seine Frau, nachdem beide ihre Gläser weggestellt hatten. Ungestüm und fordernd, während er sie auf seinen Schoß zog und langsam mit den Händen unter ihre Bluse fuhr.

Statt ihn zu unterbrechen und darauf zu drängen, Netflix zu schauen, wie sie es in vier von fünf Fällen tat, erwiderte Lisa seinen Kuss, zog sich ihr Oberteil über den Kopf und machte sich ungeduldig daran, ihm das Hemd aufzuknüpfen. Mit geschickten Fingern öffnete er ihren BH und ließ ihn zu Boden gleiten.

Als Nächstes fielen die Hosen dem wilden Vorspiel zum Opfer, doch bevor ihm seine Frau die Boxershorts abstreifen konnte, hielt er sie zurück.

„Nicht hier. Ich habe eine Überraschung für dich."

Entschieden, um die erotisch prickelnde Stimmung nicht zu versauen, hob er Lisa vom Sofa auf und trug sie Richtung Keller, während er sie weiter küsste und darauf achtete, dass sie sich nicht den Kopf stieß.

„Zum Schlafzimmer geht es nach oben", sagte sie irritiert und schaute der Treppe nach „Oder zeigst du mir jetzt, was du mit dem Winkelschleifer gemacht hast?"

Sören lächelte und stieg vorsichtig die Treppe hinunter. Dass seine Frau die Nummer mit dem Schleifer zu keiner Sekunde geglaubt hatte, da war er sich sicher gewesen.

„So ähnlich", antwortete er, ließ sie kurz hinter der Türschwelle auf den Boden gleiten und strich von hinten langsam über ihren Körper, eine Hand an den Brüsten, die andere weiter zum Höschen wandernd. Lisa nahm unterdessen mit großen Augen die Szenerie in sich auf.

„Das ist besser als alles, was man mit einem Winkelschleifer hätte machen können", flüsterte sie, drehte sich um, zog ihm mit einem Ruck die Boxershorts herunter, gab ihm einen langen Zungenkuss und wandte sich wieder der Schaukel zu, die sie nun von Nahem betrachtete.

Offensichtlich hatte er die Lasterhaftigkeit und Abenteuerlust seiner Frau komplett unterschätzt. Wenn sie auf die Schaukel ansprang wie Jumbo Schreiner auf ein XXL-Schnitzel, schien sie ihr Sexleben in der Vergangenheit wohl langweilig gefunden zu haben. Dieses Toy war scheinbar die beste Anschaffung seit dem Miracle Blade, mit dem man sogar Ananas in der Luft zerschneiden konnte. Wollte er immer mal probieren.

Schon begann Lisa damit, in die Seile zu steigen. Ein Verfahren, was in den YouTube-Videos leichter ausgesehen hatte.

„Warte, du musst …", fing er an und zog seiner Frau, statt ihr wirklich zu helfen, die Füße unter dem Körper weg.

„Au, nein, das muss doch … Sören, du tust mir weh."

Oh, oh, das hatte er sich anders gedacht. Statt einer flotten Nummer schien das Ganze hier in Flying Twister auszuarten. Lisa drehte sich nun, beide Beine in einer Schlaufe verheddert, langsam im Kreis. Ohne Chance auf Bodenkontakt.

Oh Gott, oh Gott!

„Warte, lass mich mal." Mit der Grobheit der Verzweiflung und aufkommenden Frustration, die das langsam lauter werdende Kichern seiner Frau nicht besserte, zerrte er sie aus dem ledernen Geflecht und machte sich seinerseits daran, in die Schaukel zu klettern. So, wie er es in den unzähligen Tutorials gesehen hatte. – Von der sexuellen Magie war nichts mehr zu spüren.

Das lief doch alles überhaupt nicht nach Plan. Was für ein Mist und was für eine dumme Idee. Scheiße!

Erst die hinteren Enden mit beiden Händen umfassen.

Dass Lisa jetzt auch noch lachte. Da geht doch jetzt gar nix mehr. Aber vielleicht, wenn er ihr jetzt zeigte, wie es geht.

Das rechte Bein fest einhängen, das linke hinterher.

Dann können sie morgen einen zweiten Versuch starten. Schließlich war sie begeistert, ja richtig willig gewesen, mit ihm die Schaukel auszuprobieren.

„Was war denn daran so schwer?", fragte er ärgerlich, während er in den Seilen hing und sie anschaute. Wohl fühlte er sich dabei allerdings nicht.

Statt erotisch und als ein Objekt der sexuellen Begierde fühlte er sich aber eher wie ein baumelnder Sack, eine Schweinehälfte am Haken, die gleich von Rocky persönlich mit Faustschlägen bearbeitet werden würde. Mit schlaffem Penis, gespreizten Beinen, durchhängendem Rücken und zitternd vor Anstrengung, sich an den Riemen festklammernd. Lisas lautes Lachen bestätigte ihm die peinliche Vorstellung.

„Da hast du dich aber auch richtig dämlich angestellt", fuhr er seine Frau an, „und alles kaputt gemacht. Die ganze Überraschung. Wenn es nach dir gegangen wäre, hätten wir jetzt wieder diese unerträgliche Serie geglotzt – Friends. Was für eine überholte, flachhumorige Scheiße. Ich bemühe mich hier wenigstens. Überasche dich. Wann hast du mich zuletzt überrascht? Außer mit einem spontanen Spieleabend. Ich hasse Risiko und …"

Ein lautes Knacken in der Decke ließ ihn verstummen, und für einen Moment war es ihm, als würde er wie in einem alten Cartoon in der Luft schweben, bevor die unerbittliche Schwerkraft ihren Dienst tat und er mit der Schaukel zu Boden ging, die Plastikdübel auf ihn niederregnend.

Ein dumpfes Klatschen, ein Knacken, grelle Blitze vor seinen Augen und ein brennender Schmerz im Unterleib, der bei einer Geburt nicht schlimmer sein konnte. Dann wurde ihm schwarz vor Augen.

Handwerken, was für eine Scheißidee.

ACHT

„Sören, hey, Sören, hörst du mich?", fragte Lisa noch
immer lachend, ließ sich auf die Knie neben ihrem
Mann nieder, der komisch verrenkt und reglos auf
dem Boden lag und rüttelte ihn leicht an der Schulter.

Das hatte ziemlich geknallt, dachte sie, und versuchte schuldbewusst, sich ihr Lachen zu verkneifen. Aber das hatte auch ziemlich dämlich ausgesehen, wie Sören mit dieser Schaukel zu Boden gegangen war. Alle Viere von sich gestreckt wie ein Käfer,
ohne die Möglichkeit, sich festzuhalten. Nur, dass
Käfer auf ihrem Chitinpanzer landen und danach
fröhlich weiterkrabbeln. Das laute Knacken, das
trotz „Se bastasse una canzone" von Eros Ramazotti
deutlich zu hören war, sagte ihr jedoch, dass es etwas Schlimmeres sein könnte.

Eine sehr gute Idee war es ja gewesen. Schon lange
hatte sie nicht mehr so viel Bock auf Sex gehabt. Damit hatte er sie wirklich überrascht. Dass man aber
gefährlich lebt, wenn man sich auf Sörens hand-
werkliches Geschick verließ, war keine große Überraschung. Das von seinem „Vogelhaus" erschlagene
Rotkehlchen bewies das genauso wie sein ehemali-
ger Mitbewohner Alexej, der damals sechs Wochen

auf Krücken verbringen musste, nachdem Sörens Boxsack ihm den Fuß gebrochen hatte.

Ihr Mann und Handwerken, eine einzige Katastrophe.

„Hallo Schatz, bist du …?"

Als wäre er aus einem Albtraum erwacht, riss Sören die Augen auf und brauchte ein paar Sekunden, um sich zu orientieren. Die vier nun walnussgroßen Löcher in der Decke, zu denen er hinaufstarrte, brachten seine Erinnerung jedoch schnell wieder zurück.

Herausgebrochen. Die scheiß Dübel waren aus der Decke gebrochen und er war wie ein lebloser Haufen auf seinen Hintern geknallt. Nix mit Erotik, nix mit wildem Sex. Dabei hatte er doch alles richtig gemacht, alles so, wie es in der Gebrauchsanweisung gestanden hatte. Fehlerhaft, ohne Frage. Die können was erleben.

„Alles gut bei dir?", hörte er die Stimme seiner Frau, die nur in ihrem Slip bekleidet neben ihm hockte und ihn mit einer Mischung aus Mitleid und Erheiterung ansah.

Um die Situation zu retten und etwas Würde zurückzugewinnen, lächelte er lässig und wollte voller Elan aufspringen, doch als er sich nur halb aufgerichtet hatte, durchzuckte ihn ein brennender

Schmerz und klappte zusammen wie ein Narkolepsiekranker während eines Anfalls.

„Ahhhh, Fuck!", brüllte er, hielt sich den unteren Rücken und schlug vor Schmerzen auf das graue Linoleum. „Scheiße, tut das weh, verflucht!"

Auf der Suche nach einer angenehmeren Position drehte er sich langsam um sich selbst und verharrte schließlich – alle Viere von sich gestreckt – auf dem Bauch. Nackt unter den Augen seiner erst erschrockenen, nun lachenden Frau.

Das ist doch alles ein Scherz. Ein großer Witz, der gleich von Barbara Schöneberger persönlich mit großem Tamtam aufgelöst werden würde. Überall Kameras, Gelächter in deutschen Wohnzimmern und er, Sören, in der unfreiwilligen Hauptrolle schadenfroher ZDF-Zuschauer. Zukünftiges Meme und Running Gag vor jeder Spielplatzschaukel. Vom heimwerkenden Sexschaukelgott zum kümmerlichen Rückenkrüppel. Peinlich, peinlich das alles. Physisch wie psychisch nicht mehr zum Sex in der Lage, ein gebrochener Mann. Und dann dieses Lachen seiner Frau. Eine Frechheit ist das.

„Das ist überhaupt nicht witzig!", schrie er sie an und wischte sich den Schweiß von der Stirn. „Ich habe mir sicher das Rückgrat gebrochen. Bleibe für immer gelähmt. Und meine eigene Frau hat nichts

Besseres zu tun, als mich auszulachen. Mach lieber was!"

„Was soll ich denn machen?", fragte sie mit leicht zittriger Stimme, die typisch ist für jemanden, der sich mit aller Anstrengung das Lachen verkneift. „So hoch war das jetzt auch nicht. Das kann doch nicht so schlimm sein. Soll ich dir Eis holen, mein armer Schnuff?"

„Eis, Eis, was soll ich denn mit Eis, wenn ich hier Höllenqualen leide? Als würdest du einem Asthmatiker als Akutlösung einen Hustenbonbon anbieten", sagte er und versuchte, ihre Hand abzuschütteln, mit der sie ihm tröstend den Kopf tätschelte. „Ins Krankenhaus muss ich. Da ist garantiert irgendwas gebrochen."

Wie in Zeitlupe winkelte er vorsichtig erst das linke, dann das rechte Bein an und prüfte den Grad der Schmerzen, der bei den einzelnen Bewegungen durch seinen kompletten Körper fuhr. Ausgehend vom Steißbein, wie er nun lokalisiert hatte.

Lisa beobachtete ihn amüsiert.

„Du sollst nicht glotzen, du sollst alles vorbereiten und mich ins Krankenhaus fahren."

„Ist ja gut, ich gehe ja schon. Ich ziehe mir etwas an und hole dir Klamotten", erwiderte sie und lief die Treppe hinauf.

NEUN

Um sich die Qualen des Aufstehens zu ersparen, bis Lisa mit seiner Kleidung zurückkam, beließ er es erst mal dabei, flach auf dem Boden zu verharren. Jetzt immerhin mit seiner Boxershorts bekleidet, in die er mühsam hineingekrochen war.

Fünf Minuten, zehn Minuten. Wo steckt die nur?

„Lisa?", rief er gedämpft, um seine Kinder nicht zu wecken, „Wird das hier heute noch was?"

Endlich hörte er die Treppe knarren und Lisas Stimme, die angeregt flüsterte.

„Nein, das muss nicht sein, dass du daruntergehst, Marion. Du sollst nur auf die Kinder aufpassen, bis wir wieder zurück sind. Setz dich doch ins Wohn-zimmer, ich …"

Weiter kam seine Frau nicht, dann wurde sie von der Stimme seiner Mutter unterbrochen: „Wenn sich mein Kind verletzt hat, dann habe ich als Mutter je-derzeit das Recht, ihn zu umsorgen. Ob er nun vier, 14 oder 34 ist."

„Mama, Stopp, nein. Komm nicht runter. Hau ab!", wollte er rufen, doch stattdessen klappte er seinen Mund tonlos auf und zu. Als wäre er ein Fisch, ge-fangen von einem stümperhaften Angler, der seine

Beute lieber ersticken lässt, als sie mit einem geziel-
ten Schlag zu betäuben und dann abzustechen.

Das musste das Finale sein. Das Sahnehäubchen der
Peinlichkeit. Was hatte sich Lisa nur dabei gedacht,
seine Mutter anzurufen.

Seine Mutter, die wohl treusorgendste Person der
Welt, die ihm noch heute regelmäßig Carepakete
schickte.

Die Frau, die in der Vergangenheit so häufig unangekündigt vor ihrer Tür gestanden hatte, dass Sören
nach einem heftigen Streit mit Lisa feste Besuchszei-
ten ausmachten musste. Die mit ihm so oft wegen
kleinerer Blessuren in die Notaufnahme fuhr, dass
die am Ende mit jedem Arzt per Du war.

Das war wirklich eine Katastrophe.

Mit zusammengebissenen Zähnen und so schnell es
sein Steißbein zuließ, robbte er zur Schaukel, die
traurig und zusammengefallen im Staub der Decke
lag und warf sie unter den Schreibtisch. Dann blieb
er keuchend auf dem Rücken liegen, als seine Mutter
in den Keller kam. Eine sichtlich schuldbewusste
Lisa im Schlepptau.

Bevor sie zu ihrem kleinen verletzen Sohnemann
ging, blieb sie kurz in der Tür stehen und ließ den
Blick durch den Raum gleiten. Ein Meer aus Kerzen,
italienische Schmalzmusik, eisgekühlter Wein und

ein halbnackter Sören, der in einem kleinen Haufen aus Schutt lag.

Sicherlich ein Bild für die Ewigkeit, doch auch eines, zu dem er sich schleunigst eine gute Geschichte ausdenken musste.

Nach ein paar Sekunden ging seine Mutter schließlich zu ihrem einzigen Sohn, legte ihm die Hand auf den Kopf und stellte die Fragen aller Fragen:

„Was ist denn hier passiert, mein Spatz? Was fehlt dir?"

Tja, was war denn hier passiert? Ihr die Wahrheit zu erzählen, das kam auf keinen Fall infrage. Zwar hatten er und seine Mutter ein gutes Verhältnis und durch ihre leicht aufdringliche, doch immer verständnisvolle Art hatte er auch in seiner Jugend wenig Geheimnisse vor ihr gehabt, doch Sex gehörte zu den wenigen Dingen, über die sie nie ein Wort verloren hatten. Auf jeden Fall nicht seit dem glorreichen Bienchen-und-Blümchen-Gespräch, bei dem seine Mutter kein Detail ausließ und, wenn sie es nötig fand, auch immer wieder persönliche Erfahrungen mit einfließen ließ. Das Wort Scheide fiel dabei besonders häufig.

Gruselig.

Dass er ein paar Wochen vorher einem Mitschüler für fünf Mark eine VHS abgekauft und damit den ersten Porno seines Lebens geschaut hatte, verschwieg er ihr. Wie auch alles andere, was nach diesem Tag mit seinem Sexualleben in Verbindung stand. Und jetzt das.

„Ich, also, ähm. Ich bin gefallen", sagte er und sprach das wohl Offensichtlichste an dieser Situation aus, die so peinlich war, dass er sogar kurz seinen Schmerz vergaß.

„Das habe ich mir gedacht. Aber was habt ihr Kinder denn hier gemacht?"

Wir Kinder wollten in die Welt des Sexschaukelwesens eintauchen und mal wieder richtig schön bumsen.

„Wir, also. Na ja, …"

„Wir haben trainiert", hörte er plötzlich seine Frau sagen. „An der Slingline. Das ist so ein neuer Trend aus den USA."

„Ja, richtig. Das hatte ich mir zum Geburtstag gewünscht. Die Slingline", sagte er und nickte, als müsse er erst mal selbst verinnerlichen, was er da sagte. „Damit macht man so Hängetricks, kopfüber und so. Das machen alle modernen Paare."

Das Schweigen seiner Mutter und ihr erneuter Blick zu den Kerzen machte deutlich, dass sie ihnen kein Wort glaubte. Deshalb beschloss Sören, einfach weiterzureden. Wobei es sicherlich leichter wäre, wenn er wüsste, was eine Slingline ist.

„Und mit Duftkerzen ist das quasi so was wie Yoga gleichzeitig. Für den Körper und Geist. War auch neulich im Fernsehen, so ein Bericht in den Öffentlich-Rechtlichen."

Berichte im Fernsehen, insbesondere auf ARD, ZDF und Co. waren für seine Mutter noch immer die universelle Bestätigung, dass etwas tatsächlich existierte und kein neumodischer Nonsens aus dem Internet war.

Was bei Zamperoni, Planken, Daubner oder Höppner auf den Tisch kam, verdiente das Prädikat wertvoll, wurde flugs in den eigenen Wissensschatz aufgenommen und galt im Hause Schmidt schließlich als Allgemeinbildung.

Die Wunder von Galileo mit dem allwissenden Aiman Abdalla? Humbug! Peter Klöppel? Markus Lanz für Arme. Criminal Minds? Unrealistischer Tatort.

Ging es nach seiner Mutter, konnten die privaten Sender einpacken. Mit dem Internet stand sie generell auf Kriegsfuß. Zumindest, seit sie in der Spiegel-Online-Kommentarspalte einen Artikel kommentiert hatte und sie wenige Antworten später als „dumme Gutmensch-Schlampe" bezeichnet wurde, die „so stumpf ist, dass man ihr die Fresse einschlagen sollte". Für Menschen, die täglich im Internet unterwegs sind, ist eine normale Konversation für eine 65-Jährige, die stolz auf ihren technischen Fortschritt war, ein Rückschlag. Einer, der sie an der Menschheit zweifeln ließ und den Laptop in die hinterste Ecke beförderte.

„Im Morgenmagazin", fügte er schnell noch hinzu, was seine Mutter nun endgültig überzeugt hatte.

Gott sei Dank, dachte Sören, doch mit fallendem Adrenalinspiegel meldeten sich seine Schmerzen zurück und er ließ sich wieder stöhnend zu Boden sinken. Sorgenvoll kniete Marion neben ihm und strich ihm über das Haar. „Mein armer Junge. Ich bringe dich ins Krankenhaus."

„Aber, ich kann das doch …", fing Lisa an, wurde aber forsch von seiner Mutter unterbrochen. Die Nummer mit dem Kuchenrezept schien noch nicht vergeben worden zu sein.

„Du hast schon genug getan. Das war doch sicherlich deine Idee. Und dann so einen billigen Kram benutzen." Sie hielt einen Dübel hoch und streckte ihn seiner Frau entgegen. „Benutzt Plastikdübel, um etwas an der Decke zu befestigen, an das sich Menschen hängen. Da gehören Metalldübel rein."

Wow! Das war er also. Der Grund für den Absturz, für den schlimmsten Geburtstag seines Lebens und ein zertrümmertes Becken. Die falschen Dübel. Die falschen kleinen scheiß Plastikteilchen hatten ihn seinen Abend versaut. Seinen Geburtstag, sein Selbstvertrauen als Handwerker und garantiert auch seinen Körper.

„Nein, Mama", presste er aus zusammengebissenen Zähnen hervor, „das war meine Schuld. Ich habe ..."

„Schhhht", unterbrach sie ihn sanft. „Wir bekommen dich schon wieder hin. Jetzt fahren wir erst mal ins Krankenhaus."

Langsam, aber mit einer für ihr Alter eindrucksvollen Kraft, griff Sörens Mutter ihm unter die Arme und zog ihn auf die Füße.

„Und wie wäre es, wenn du dich nützlich machst und meinem Sohn etwas zum Anziehen holst. Oder sollen wir so fahren?"

Überfordert von der Gesamtsituation und der ungewohnten Schärfe seiner Mutter, die völlig in der Rolle der Löwenmama aufging, huschte Lisa vor ihnen die Treppe rauf und suchte ihm als Outfit eine Jogginghose und ein weites T-Shirt raus, in das er sich mühseligst hinein kämpfte.

ZEHN

Im Auto, in das Sören wie ein schlecht gewickelter Wrap zusammengerollt auf der Rückbank lag und vor sich hin darb, jedes Schlagloch mit einem Stöhnen quittierend, herrsche ansonsten Stille. Eine irritierende Stille, war er doch davon ausgegangen, dass sich seine Mutter bei jeder Ampel nach hinten beugen, ihn mit einem mitfühlenden Blick anschauen und sich nach seinem Wohlbefinden erkundigen würde.

Jetzt schwieg sie und fuhr ihren Stiefel runter. Linke Spur, 50 km/h, schon seit drei Minuten links blinkend und mit verstelltem Rückspiegel.

Das war doch eine Frechheit! Ihr einziger Sohn, dessen Rumpf nur noch auf einem Scherbenhaufen von Knochen ruhte, zusammengehalten von Fleisch und Sehnen, kurz vor Wetten, dass …?, und von seiner Mutter kam nix. Nix, nada, niente. Gefühllos wie Heidi Klum saß sie da vorne und fuhr. Dabei hatte er doch Geburtstag. Die spinnt wohl. Testweise stöhnte er lauter und wartete auf eine Reaktion. Doch seine Mutter war offensichtlich zur Soziopathin geworden. Klarer Fall von einer Schockreaktion als Folge seines Unfalls. Die arme Frau, kurz vor PTBS.

Sie räusperte sich kurz und drehte sich zu ihm um.

„Sören", sagte sie merkwürdig leise und so gar nicht in einem Ton, mit dem man Kinder tröstete, „ich finde, Lisa tut dir nicht gut. Die ist so anders. So ausgeflippt peppig. Wie eine von diesen ‚Sex in the City'- Girls. Ich sehe doch, was aus dir geworden ist und dass du nicht mehr so lebendig bist wie früher. Mein kleiner Sören. Und jetzt auch noch dieser Unfall. Das setzt dem Ganzen die Krone auf. Natürlich eine ihrer dummen Ideen. Das kann ich nicht tolerieren."

Das, was?

„Was?", fragte Sören völlig perplex und für einen Moment seine Schmerzen vergessend.

„Eine Mutter denkt allem voran nur an ihr Kind und deshalb muss ich es dir so sagen: Du musst auf dich aufpassen!"

Damit hatte er wahrlich nicht gerechnet. Was war das denn für eine Nummer? Der Abend wurde immer absurder. Fehlte nur noch, dass seine Mutter ihm gleich noch gestehen würde, dass sein Vater bei „The Masked Singer" das Eichhörnchen gibt.

Sich vor Lisa in Acht nehmen. Was kommt als Nächstes? Eine Ermahnung, dass er auch mit Mitte 30 nicht mit vollem Bauch schwimmen gehen soll? Lisa, der mit Abstand wärmste und absurd netteste Mensch, den er kannte, in den er sich schon beim zweiten Date verliebt hatte und der ihm immer ein

Schluck kaltes Wasser in den Tee gab, damit er sich nicht die Lippen verbrannte, soll eine Gefahr für ihn sein?! Ein schlechter Scherz.

„Mama, das meinst du doch nicht ernst?", fing er an und wurde sofort unterbrochen.

„Nein, sag jetzt nichts. Denk nur darüber nach. Wegen deiner Verletzung, herbeigeführt durch deine Frau, kannst du nicht klar denken. Seiltanz von der Decke. Was für ein Kasperkram, mit dem sie dich mutwillig in Gefahr gebracht hat. Du hättest auch auf den Kopf fallen können, und denke auch an deinen Hodenhochstand als Kind damals. Das ist chronisch."

Hodenhochstand, der Leistenbruch des kleinen Mannes. Immer wieder gerne genommen, um Sören jegliche Kompetenz und Verlässlichkeit in körperlicher Arbeit zu nehmen und wahrscheinlich ein Grund für sein Pech in Sachen Handwerk.

„Ach Mama, das ist doch Quatsch."

„Quatsch, quatsch. Weshalb liegt Quatsch denn hier auf der Rückbank und vergeht vor Schmerzen?"

Ein wütendes Hupen erinnerte Sören und seine Mutter daran, dass sie sich in einem Auto mitten auf einer vierspurigen Kreuzung befanden.

„Ich sagte doch, dass es meine Idee war."

„Deine Idee. Dann kannst du mir sicher noch sagen, was genau ihr da gemacht habt?"

„Ähm, klar. Das lief schließlich im MoMa. Das war, Flying … dings … Rope. Flyingrope."

„Slingline", sagte seine Mutter trocken und bog einen Fahrradfahrer mangels Schulterblick zur Vollbremsung zwingend auf den Parkplatz des Krankenhauses.

Schach und matt. In den 34 Jahren, die Sören nun auf dieser Erde weilte, hatte seine Mutter zwar nicht jede, aber gut 83 Prozent seiner Lügen entlarvt und ihn am Ende schön auflaufen lassen. Von „Das war ich nicht!" über „Ich habe keine Hausaufgaben." bis „Nein, ich habe nicht getrunken.". Die Anzahl an Lügen war facettenreich, das Gespür von Marion Holmes jedoch eins A. Ein denkwürdiger Moment: Am Freitag behaupten, dass man bei Martin zu Hause war, um am Samstag dann am Telefon zu fragen, wo Martin denn wohl wohnen würde. Vor den Ohren seiner Mutter. Sehr unangenehm, aber wahrlich angenehmer als heute.

„Wie ich es mir gedacht habe, war es also Lisas Idee. Das bestärkt mich nur noch weiter in meiner Meinung. Danke dafür, und jetzt besorge ich dir erst mal einen Rollstuhl."

„Stopp!", rief Sören lauter als geplant, sodass seine Mutter mit halb geöffneter Autotür innehielt.

Jetzt war es also soweit. Er würde mit seiner Mutter über Sex reden müssen. Keinen Blümchensex, kein Rein-Raus in der Missionarsstellung, superromantisch mit Schmetterlingen im Bauch und Eternal Flame von den Bangles in den Ohren, sondern zumindest in den Maßstäben seiner Mutter, komplett pervers mit Sextoys im Profibereich. Heute geschaukelt, morgen BDSM mit Wachs auf den Nippeln. Aber es musste sein. So unritterlich wie er hier schon auf der Rückbank lag, würde er sich seiner Frau gegenüber nicht verhalten und sie mutig gegen die fiesen Anschuldigungen seiner Mutter verteidigen.

„Es war meine Idee. Nur war es keine Flying-Dings, die ich aufgebaut habe, sondern …"

Okay, jetzt kommt es. Jetzt gibt es kein Zurück mehr. Der Rubikon wird überschritten, die Stricke reißen und der Drops wird gelutscht. Peinlich hoch zehn.

„… eine Sexschaukel."

Wieder Stille. Nicht diese alles erdrückende, unangenehme Stille auf dem Hinweg, eher eine zögerliche. Diese Art, bei der man dabei zuschauen kann, wie das Gegenüber eine Nachricht über seine Flimmerhärchen aufnimmt, sie mit 1 m/s an die entsprechenden Synapsen im Gehirn weiterleitet, wo sie fein säuberlich analysiert, mit Erlebtem und den eigenen Erfahrungen verglichen wird und schließlich nach einer endlosen Suche in eine richtige Emotion und Reaktion umgewandelt wird.

„Eine was?", fragte seine Mutter irritiert.

Was für eine uninspirierte Reaktion, wenn man bedenkt, wie lange sie die Info verarbeitet hatte.

„Eine Sexschaukel. Eine Konstruktion, die man an der Decke befestigt und mit dessen Hilfe man miteinander schlafen kann."

Überraschenderweise ging ihm die Ausführung leichter als gedacht über die Lippen, und die Scham, die sich seit dem Auftritt seiner Mutter im Keller wie eine lähmende Decke über ihn gelegt hatte, wich langsam. Dafür wirkte seine Mutter nun peinlich berührt, versuchte aber, es so gut wie möglich zu verbergen.

„Na schön", sagte sie knapp. „Dann überrascht es mich nicht, dass die Konstruktion von der Decke gekommen ist."

Mit diesen Worten schlug sie die Tür zu und machte sich auf den Weg zum Krankenhauseingang, um für ihren kleinen Perversling von Sohn einen Rollstuhl zu besorgen.

Das würde ein schöner Aufenthalt werden.

ELF

„Jetzt habe ich schon wieder die Hälfte nicht verstanden. Wie hast du dir doch gleich das Steißbein gebrochen, Sören?"

Diese Frage stellte ihm Patrick mittlerweile schon zum dritten Mal an diesem Tag, und jetzt auch noch so laut, dass jeder, der die Geschichte tatsächlich noch nicht kannte oder zu schüchtern, taktvoll oder desinteressiert war, um nachzufragen, nun doch hellhörig wurde und zu ihnen herübersah. Wo sonst konnte man einen erwachsenen Mann auf einem Kinderschwimmring von Benjamin Blümchen sitzen sehen, im Anzug, während dieser statt wie alle anderen Rinderfilet mit karamellisierten Möhren, Basmatireis und Pfefferrahmsoße genoss und unmotiviert Hülsenfrüchte in sich reinschaufelte. Ein Kuriosum auf zwei Beinen, komplett auf Tramadol und sicher Gesprächsthema Nummer eins. Ein denkwürdiger 80. Geburtstag von Lisas Großtante.

Noch stärker geschämt hatte sich Sören nur beim 70. Geburtstag seiner eigenen Großmutter, bei dem er das erste Mal in seinem Leben einen ausgewachsenen Kater hatte. Schweißgebadet starrte er damals sein Schnitzel an, während Sekt, Bier, Berentzen Apfel und Wodka in seinem Magen rebellierten. Was jedoch noch schlimmer war: Jeder der anwesenden

Gäste wusste, was mit ihm nicht stimmte. Nicht zuletzt die Toilette, die gierig die Reste des vorabendlichen Filmrisses in sich aufnahm. Auch eine ganz komische Phase des Erwachsenwerdens, in der man sich darüber definierte, wie viel Alkohol man an einem Abend in sich reingeschüttet hatte. Zwei Bier und 1/3 Flasche Wodka. Wow, voll der Hammer.

18 Jahre später war es also sein Schwager, der an einer neuen peinlichen Episode in den Memoiren von Sören arbeitete.

Großartig.

„Nun, sag doch mal jetzt", hakte Patrick nach und schüttete den Rest seines fünften Bieres in sich rein.

„Danke für dein Interesse, aber sofern du nicht unter extremem Gedächtnisschwund leidest, bin ich mir ziemlich sicher, dass du weißt, was passiert ist", antwortete er. „Wenn du es vergessen hast, sollten wir dringend einen Arzt aufsuchen."

„Ach ja, Flying Yoga", lachte er und wandte sich seiner Sitznachbarin zu. „Das ist aktuell voll das große Ding in Amerika und als Trendsetter ist Sören der Erste, der so was ausprobiert. Wie geht das noch mal?"

„Patrick", unterbrach Lisa ihren großen Bruder, was diesen gleich zum Schweigen brachte, „wie wäre es, wenn du dich mal nützlich machst und uns was zu trinken holst. Über dich könnte ich auch so einige Geschichten erzählen."

Wie von Zauberhand verwandelte sich der Macho zu einem handzahmen Buben und erhob sich hastig.

Immer wieder beeindruckend, wie seine 1,60 Meter große Frau ihren Bruder tanzen lassen konnte.

„Tut mir leid, mein Schatz", sagte sie nun an Sören gewandt, strich ihm übers Haar und senkte ihre Stimme. „Ich habe es schon in der Sekunde bereut, in der ich es Patrick erzählt hatte. Ich weiß, er kann ein Arsch sein, aber das ist selbst für ihn zu viel."

„Ist schon in Ordnung", antwortete er, das Gegenteil von dem, was er dachte. „Wenn er will, findet er immer etwas, mit dem er mir auf die Nerven gehen kann."

Das hätte er sicherlich, doch dass er wusste, wie und vor allem aus welchem Grund er sich das Steißbein gebrochen hatte, war eine Geschichte für die Ewigkeit. Selbst, wenn Sören jetzt noch den Nobelpreis für Physik verliehen bekommen würde, stünde sein Schwager in der ersten Reihe des Stockholmer Konzerthauses und würde seine Lieblingsgeschichte zum Besten geben.

Newton hatte seinen Apfel, Sören seinen Arsch. Zum Totlachen.

ZWÖLF

Als sein Schwager komplett außer Sichtweite war, nutzte Sören die Gelegenheit, um sich ohne dumme Kommentare aus seinem Schwimmring zu schälen. Zwar waren seine Schmerzen deutlich besser geworden. Von einem Stuhl aufzustehen, gehörte jedoch noch immer zu den schmerzhafteren Dingen und verlangte eine über die Wochen perfekt einstudierte Bewegungsabfolge, die der Schwimmring quietschend kommentierte.

Als er stand, blickte er hinab in das gruselig zerknautschte Schlaganfallgesicht des sprechenden Elefanten. Otto dagegen hatte keinen Unterleib mehr, schien aber bei bester Laune zu sein. Ein Kunststück, zu dem Sören in den vergangenen Wochen nicht fähig gewesen war.

„Ich rufe mal meine Mutter an", flüsterte er Lisa ins Ohr und humpelte Richtung Ausgang.

Seit ihrem irritierenden Auftritt im Auto und vor dem Krankenhaus hatte Sören sie zwar davon überzeugen können, dass seine Frau nicht damit beschäftigt war, systematisch seine Gesundheit und sein Leben zu zerstören, doch hatte er ihr im Gegenzug unter der Aufsicht eines Pflegers versprechen müssen, sie einmal am Tag anzurufen. Ein Mental Health Check inklusive küchenpsychologischer

Ferndiagnose, damit sie jederzeit intervenieren konnte, sollte ihr etwas verdächtig vorkommen. Wenig überraschend war dies immer der Fall.

Die Beichte mit der Sexschaukel hatte sie einfach komplett ignoriert, und auch Sören hatte kein Interesse daran, dieses Thema wieder aufzuwärmen.

Wie in den 35 Telefonaten zuvor ging seine Mutter auch heute beim ersten Klingeln ran, was der Startschuss für das immer selbe Prozedere war, das sie mittlerweile perfekt einstudiert hatten.

Nach einer kurzen Begrüßung seinerseits würde seine Mutter, egal, was er sagte, mit „Du klingst aber gar nicht gut" antworten. In der Folge müsste er beteuern, ja sogar schwören, dass es ihm gut ginge, dass er genug aß und trank und dass er regelmäßigen Stuhlgang hatte. Eine Frage, die sich seine Mutter von dem Pfleger im Krankenhaus abgeschaut hatte. Oft genug gehört hatte sie sie ja, da seine Mutter, über Sörens Gesundheit wachend, wie ein deutscher Kleingärtner über die Beetkante des Nachbargrundstücks, die ersten drei Tage kaum von seiner Seite gewichen war. Immer bereit, das komplette Ärztepersonal auf potenziell tödliche Fehler bei seiner Behandlung aufmerksam zu machen. Selbst die Reinigungskraft wurde nach den Inhaltsstoffen der Putzmittel befragt.

Zwei Tage länger, und die Ärztin hätte eine einstweilige Verfügung wegen Stalkings und Belästigung erwirkt. Jede Wette, dass seine Mutter vom Krankenzimmer direkt den Weg in die Albträume von Dr. Schwarz genommen hatte.

Frei nach dem Zitat aus Interstellar: „Jede Stunde, die man mit seiner Mutter und ihren Bergdoktor-Fakten in einem Zimmer verbringt, fühlen sich an wie sieben Jahre."

Beeindruckenderweise blieb die Ärztin immer cool, wurde nie laut, ausfällig oder gar handgreiflich. Nicht mal die Augen hatte sie verdreht, als Sörens Mutter eine Behandlung mit Globuli vorschlug. Die, wie wir alle wissen, nicht über den Placebo-Effekt hinauswirken. Bei den völlig absurden Arbeitszeiten in deutschen Krankenhäusern hatte sie sich aber eventuell auch angewöhnt, bei Gesprächen mit Verwandten oder Freunden des Patienten einen Sekundenschlaf zu halten, um wenigstens ein bisschen was aufzuholen. Wo Lkw-Fahrer nach 4,5 Stunden rechtlich verpflichtet sind, eine 45-minütige Pause einzulegen, müssen Ärzte nach zwölf Stunden noch spontan ein Leben retten, und wehe, sie machen einen Fehler. Kompletter Wahnsinn!

Trotz einer statistisch gesehen also völlig kaputten und übermüdeten Dr. Schwarz fühlte sich Sören jederzeit wohl in seiner Haut, wurde bestens behandelt und für seinen Mut und seine selbstlose Tapferkeit bewundert.

Wer außer ihm hätte sich sonst todesmutig vor einen E-Roller geworfen, um zwei Kleinkinder mit plüschigen Panda-Rucksäcken zu retten? Koste es, was es wolle. Knochen kann man richten – die Scham, nicht gehandelt zu haben, würde einen bis ins Grab verfolgen. Nach seinem heldenhaften Einsatz fand er sogar noch die Kraft, den beiden komplett verängstigten Bengeln bis zum Eintreffen der Eltern aus Benjamin Blümchen als Kinderarzt vorzulesen.

Kitschig, aber die perfekte Story, um sich auf der Station nicht komplett zum Schaukelhannes zu machen. Zum Sexseppel, zum nächsten Tweet eines indiskreten Assistenzarztes, der mit dem Leid von vom Schicksal gebeutelter Menschen im Netz Likes abgreift, um damit auf schnöseligen Ärztepartys die flotte Biene vom Empfang rumzukriegen, die aber lieber TikToks vom Dermatologen schaut. Traurig lässt sich Dr. Sackgesicht dann von seiner peinlichen Community ASMR-Tipps geben, um sich in seinem, für einen Single viel zu großen King-Size-Bett, unter Tränen in den Schlaf schmatzen zu lassen.

Aber Frau Doktor Schwarz war anders. Voller Begeisterung und Anerkennung saugte sie jedes Detail der heroischen Geschichte auf und in ihrem Blick spiegelte sich nichts als Bewunderung wider.

Erst später erfuhr er, dass seine Mutter der Halbgöttin in Weiß schon vorher die komplette Geschichte erzählt hatte, was sie nur noch großartiger machte.

„Sören?", riss ihn die Stimme seiner Mutter aus den Gedanken an Dr. Jean D'Arc.

„Was?"

„Ich habe gesagt, du klingst nicht gut."

Hatte er überhaupt etwas gesagt? Eher nicht.

„Ich habe doch gar nichts gesagt."

Pause.

„Entschuldige, dass ich mir Sorgen um dich mache", antwortete sie schnippisch, und er wusste, dass das Telefonat kein gutes Ende nehmen sollte. Dann halt Quick and Dirty, und morgen entschuldigen.

„Wir wissen doch eh beide, was ich sagen werde. Hallo, alles gut, ja, ja, ja", antwortete er, und versuchte dabei, so freundlich wie möglich zu klingen. Vergebens.

„Früher hieß es Mama hier, Mama da, Mama, machst du meine Wäsche, und jetzt rufst du nur an, um unfreundlich zu sein. Da habe ich wohl alles falsch gemacht."

„Das ist doch Quatsch. Ich habe nur angerufen, weil ich muss."

„Du musst gar nichts", antwortete seine Mutter jetzt in diesem Ton, bei dem er wusste, dass, egal, was er sagte, eh nichts mehr zu retten war. „Ich wusste nicht, dass meine Fürsorge für dich so eine Belastung ist", redete sie sich immer weiter in Rage. Und noch bevor Sören was erwidern konnte, hatte sie aufgelegt.

Er schloss die Augen und atmete tief durch. Das wird Zukunftssören schon regeln, dachte er und ging aus dem Eingangsbereich wieder in Richtung seines Tisches, an dem zu seinem Leidwesen keine Lisa mehr saß, dafür aber ein angeschossener Patrick mit einem breiten Volltrottellächeln.

Das sollte noch ein langer Tag werden.

DREIZEHN

„Packst du bitte schon mal meinen Koffer aus!",
hörte Sören die gedämpfte Stimme seiner Frau aus
dem Badezimmer, die beinahe in dem lauten Plät-
schern der Regendusche unterging. „Ja!", rief er,
blieb aber weiter am Fenster stehen, um die riesige
Armee strammstehender Weinreben zu bewundern,
die sich endlos über die Hügellandschaft von Bacha-
rach zog. Bereit, als Burgunder oder Riesling im
mittleren Regal eines Discounters zu enden. Einen
ähnlichen Blick mussten auch die Rohirrim gehabt
haben, als sich das Klammtal mit den hoch aufge-
reckten Piken Tausender Uruk-hais füllte.

Zwar hatte er noch immer kein Interesse daran, einem hochnäsigen Sommelier beim Gurgeln eines
blumigen Weißen zuschauen zu müssen, aber die
Aussicht, die nächsten zwei Tage kinderfrei und mit
einem stilvoll angetrunkenen Schwips zu verbringen, sorgte für ein Hochgefühl. Vergessen waren die
Wochen des Kummers und des Schmerzes.

Außerdem versprachen solche Reisen immer einen
Boost für Sörens und Lisas Sexleben. Nicht am Boden ihres Kellers, eingehüllt in eine Staubwolke aus
Versagen, Scham und Putz endend, sondern nach
drei Vino Blanco im King-Size-Bett.

Auch, wenn er mittlerweile darüber lachen konnte, im Nachhinein war es einfach nur dämlich, sich von seinem beschränkten Kollegen provozieren zu lassen.

Tatsächlich hatte es Andy mit seiner sexuellen Angeberei noch schlimmer erwischt als ihn. Nachdem Sören in die Firma zurückkehrte, erfuhr er, dass Andys wilde Italienerin den Hang dazu hatte, ihre Liebhaber um deren wertvollste Besitztümer zu erleichtern. Karma is a bitch – und auch, wenn er Mitleid empfand, konnte er sich ein Lächeln nicht verkneifen.

Als die Dusche verstummte, löste er sich vom Fenster, um, wie von seiner Frau gewünscht, ihren Koffer auszuräumen. Kaum hatte er den Deckel geöffnet, fiel ihm ein schwarzes, längliches Paket in die Augen. „Leg & Bum Support over the door swing" stand da schwarz auf grau und darunter war das Bild von einer Sexschaukel zu erkennen.

Was zum …

„Die kann man einfach in die Tür hängen", hörte er Lisa sagen, die nun komplett nackt im Türrahmen stand. „Ich dachte, wir machen da weiter, wo wir unfreiwillig aufgehört haben. Alles Gute nachträglich mein Schatz."